Gerhard Fischer · Das Ei des Damokles

PRINCIPAL VERLAG

Das Ei des Damokles

...und andere
Schicksalsschläge

Aufgespürt und aufbereitet von
Gerhard Fischer

 **PRINCIPAL VERLAG**

PRINCIPAL VERLAG

ISBN 3-89969-047-8

Copyright © 2006 by
Autor und PRINCIPAL Verlag, Münster/Westfalen
Karrikaturen Jim Unger/Bulls Press, Frankfurt/Main
Titel und Pagemaking Manfred Magin, Weinheim
www.principal.de
Alle Rechte vorbehalten
Printed in Germany
Bibliografische Information der Deutschen Bibliothek
Die Deutsche Bibliothek verzeichnet diese Publikation in der
Deutschen Nationalbibliografie;
detaillierte Daten: http://dnb.ddb.de

Die eigenwilligen Einsichten des Herrn Hauenstein

Was immer von Hauenstein behauptet wird: nichts davon stimmt auch nur annähernd. Selbst das Gegenteil dessen, was man über ihn in die Welt gesetzt hat, ist falsch. Das gilt sowohl für die, die seine Ansichten achten und ehren, wie für all die andern, die in ihnen nichts als den Ausdruck eines freudlosen und trübsinnigen Griesgrams zu erkennen glauben.

Gewiß: Hauensteins Verlautbarungen sind keine Hirtenbriefe, die aufhorchen lassen und an denen man sich aufrichten kann. Es bestehen vielmehr berechtigte Zweifel, ob sie geeignet sind, dem Dasein gesetzestreuer und gottesfürchtiger Zeitgenossen einen erbaulichen Inhalt zu vermitteln. Weit eher das Gegenteil dürfte der Fall sein. Denn Hauenstein weiß, daß seine Äußerungen nicht selten dazu angetan sind, sehr deutlich verstanden oder sehr gründlich mißverstanden zu werden. Und daß es viele seiner Zuhörer juckt, dem Beispiel zu folgen, mit dem sie ihrem Unmut über Politiker Ausdruck geben, indem sie sie ganz einfach mit Eiern bewerfen. Hartschädelig, wie er nun einmal ist, besteht er auf seiner Überzeugung, daß der, der sich einmal eine Meinung gebildet hat, sich durch Tatsachen nicht beirren lassen sollte. Im übrigen weist er darauf hin, daß er in den meisten Fällen mehrerer Meinung ist. Dennoch ist seine illusionslose Beurteilung der Welt und des Lebens durchaus dazu angetan, den einen oder anderen Zeitgenossen zur Nachdenklichkeit zu verführen.

Hauenstein gibt sich unzeitgemäß und zeitlos zugleich, ohne Grundsätze, aber mit einem besonderen Talent für Widersprüche und einem überraschenden Vorrat an Vorurteilen. Für den guten Bürger hegt er eine ebenso grimmige Verachtung wie für den pontifikalen Anspruch von Anstand und Sitte. Er bevorzugt vielmehr die gebremste Normalität des Vernünftigen. Was er unternimmt, muß erst einmal die Hürde der Überwindung bewältigen und ist gekennzeichnet von einer erhabenen Mißbilligung, mit der er alles abtut, was landläufig anerkannt und gang und gäbe ist. Das einzige Gesetz, das er vorbehaltlos akzeptiert, ist das Gesetz der Schwere, wenn er sich, gesättigt und mit einer guten Flasche Wein in greifbarer Nähe, in seinen Sessel niederläßt: ein Bonvivant im scheinbaren Frieden mit sich und der Welt, zuweilen aber in den Schoß des Teufels gebettet und ausgezeichnet mit jenem Geist, den die Jünger Satans den Geschöpfen des Herrn sehr voraushaben - tief verwurzelt in seinem Glauben an die Schmählichkeit der menschlichen Natur und mit der grimmigen, aber auch versöhnlichen Genugtuung, dies alles durchschaut zu haben.

Obwohl er sich nur widerwillig in den Umgang mit anderen herabläßt, ist er ein irritierender Gesellschafter, allerdings weit davon entfernt, Mittelpunkt spielen zu wollen - eher ein Plauderer, der, seine Umgebung beobachtend, mit der Gewitztheit eines Hofnarren seine Bosheiten von sich gibt, verletzend und verletzlich zugleich, ohne einen Wächter für Hintertüren bemühen zu müssen. Er hütet seine Zurückgezogenheit, nie aber seine Zunge, hat eine außerordentlich hohe Meinung von sich selbst und ist der größte Bewunderer seines Geistes, obwohl es sehr im unklaren bleibt, ob die Mitwelt von seiner Großartigkeit ebenso durchdrungen ist wie er selbst.

Hauenstein ist ein stiller Mann, der weiß, wie sehr der Zwang der Höflichkeit dem Willen nach Ehrlichkeit Grenzen setzt. Eine würdevolle Erscheinung von sympathischer Beleibtheit, der man einen herzhaften Appetit zutraut und der auf den ersten Blick erkennt, was ein guter Wein ist.

Hauenstein bewegt sich nicht. Er verlagert sein Gewicht. Jede körperliche Anstrengung meidend, beobachtet er seine Mitwelt und nicht zuletzt auch sein eigenes Tun. Ganz besonders gelten diese Blicke den Frauen, die nach seiner Überzeugung nur geschaffen wurden, um dem Mann die Freude am Dasein zu verderben. Für ihn ist die Frau die unermüdlich Zeternde, die

Nörgelnde und Scheltende, die alle Unternehmungen hemmt und in ihrem Anspruch auf Macht und Herrschaft dem Mann das Weinglas wegnimmt. Trotz dieser Vorbehalte gibt er sich charmant. Im allgemeinen aber legt er Frauen gegenüber jene gönnerhafte Haltung an den Tag, die, schon im eigenen Interesse, gewähren läßt.

Hauenstein liebt das gesellschaftliche Schweigen, und es scheint unmöglich, daß er von anderen auch nur das geringste erwartet, was ihn interessieren könnte. Fühlt er sich allerdings aufgerufen, seine Meinung zu äußern, ist er von einer nicht umzubringenden Mundfertigkeit. Ihr sind schließlich auch jene Ansichten und Einsichten zu danken, die hier zusammengetragen wurden: hintergründige Intermezzi, Geschichten des Augenblicks – Kurzromane, wie sie das Leben diktiert.

Hauenstein, in gegenseitiger Geringschätzung seit über zwanzig Jahren seiner Gattin ehelich verbunden und in stummer Unversöhnlichkeit nebeneinander herlebend, wurde gefragt, was er von den Frauen halte.
«Nicht allzuviel», antwortete er und schob seinen mächtigen Körper in seinem Sessel zurecht. «Allerdings», fügte er hinzu, «sollte man anerkennen, daß sie immer noch das Beste sind, was es in dieser Art gibt.»

Hauenstein hatte eine sehr lockere Zunge und genoß es, sie in Übung zu halten.
«Was», sagte er zu seiner Frau, «habe ich davon, daß du mir verzeihst, wenn ich versprechen soll, es nie wieder zu tun?»

Hauenstein stand auf dem Bahnsteig.
«So», sagte Westenhoff, «Sie warten also auch auf den Zug nach München? Dann fahren wir ja zusammen.»
«Ich bin schon zusammengefahren», sagte Hauenstein, «als ich Sie kommen sah.»

Der Träger des Goldenen Sportabzeichens wurde allgemein bewundert: ein auf unangenehme Weise hagerer Mittfünfziger, der offensichtlich noch immer verbissen einen Platz auf dem Sonnendeck suchte, obwohl sein Schiff schon am Sinken war.
«Nun ja», sagte er selbstzufrieden. «Ich tue auch etwas für meine Fitness. Ich spiele Tennis, Fußball, Handball, reite, schwimme, rudere, laufe Ski...»
«Haben Sie», unterbrach ihn Hauenstein, «schon einmal in Erwägung gezogen, ein Gruppenbild von sich machen zu lassen?»

Ostendorff war sehr unschlüssig.
«Welchen Wein», fragte er , «würden Sie mir zum zehnten Hochzeitstag empfehlen?»
Hauenstein, ganz ruhige, unaufdringliche Autorität, wirkte wie ein Standbild von eherner Entrücktheit. Er war stolz auf seinen Ruf als Weinkenner und sehr darauf bedacht, ihn zu erhalten.
«Das», sagte er, «kommt ganz darauf an, ob Sie feiern oder vergessen wollen.»

«Einen Vorteil hat das Alter», sagte Hauenstein. «Man braucht sich nicht mehr groß um die Mitmenschen zu kümmern. Man wird einsichtig genug, das Wesentliche vom Unnötigen unterscheiden zu können und vieles zu vergessen, was man als belanglos erkannt hat. So weiß ich heute beispielsweise, daß es nur drei Dinge gibt, die im Leben wichtig sind: Erstens Geduld...» Er machte eine bedeutungsvolle Pause und gab dann ein Schnauben von sich, das wie ein verbales Schulterzucken klang. Dann, leise lächelnd, fügte er hinzu: «Das zweite und das dritte hab ich vergessen.»

Das Konzert hatte begonnen, aber die Damen, neben ihm unterhielten sich ungeniert weiter.
«Ich kann gar nicht verstehen, daß mein Mann nicht kommt», sagte die eine.
«Ich schon», meinte Hauenstein.

Sanft wurde Hauenstein aus der Weinstube geleitet.
«Gehen Sie jetzt lieber nach Hause zu Ihrer Frau», meinte der Wirt. «Das ist das Beste.»
«Und was», fragte Hauenstein, «ist das Zweitbeste?»

Sehr angeheitert kam Hauenstein nach Hause, fiel aufs Bett wie ein gestrandeter Wal und ließ sich vom Wein auf eine sanft wogende See hinaustragen.
«Das Leben», sagte er, «das Leben ist hart, meine Liebe. Einer meiner Tresenfreunde hat sich aus dem irdischen Jammertal verabschiedet, und da konnten wir nicht anders, als gehörig auf sein Seelenheil zu trinken. Anschließend, nun ja, mußte ich meinen Mann stehen. Wir haben», erklärte er, «ein kleines Wettrinken veranstaltet.»
«Und wer», fragte seine Frau, «ist zweiter geworden?»

Man hatte Hauenstein seit Tagen schon vermißt.
«Was nicht alles über Sie behauptet wurde!» meinte Ostendorff mitleidig. «Man soll Sie, wie man sagt, sogar festgenommen haben?» Hauenstein, eher belustigt als beleidigt, nickte schwer.
«Es fing ganz harmlos an», sagte er. «Ich saß auf einer Bank im Park und sah den Tauben zu, als plötzlich eine junge Dame mit einem Polizisten auf mich losstürzte. ‹Das›, rief sie, ‹ist der Mann, der mich vor einer Stunde vergewaltigt hat!› Nun ja, was sollte ich sagen? Ich fühlte mich derart geschmeichelt...»

Lange besah sich Hauenstein den Riesenhecht, den die Angler ausgelegt hatten.
«Der», sagte er schließlich, «der diesen Fisch gefangen hat, ist ein Lügner.»

«Das Sonderbarste am Menschen», meinte Hauenstein, «ist die Nase. Sie hat die Flügel unten, die Wurzel oben und den Rücken vorn. Im übrigen», fuhr er fort, «ist sie für viele nur Zierart. Zum Atmen benutzen sie ihren Mund. Das hat den ungemeinen Vorteil, daß sie ihn gelegentlich halten.»

Als er Hauenstein einen Besuch abstattete, bewies Ebeling Geduld. Und blieb und blieb. Hauenstein, müde und gelangweilt, in grabesdüsterer Stimmung, hatte bereits mehrmals auf die Uhr gesehen. Verzweifelt und in einer Wolke zornigen Zigarrenrauchs streichelte er seinen Hund.
«Kann er denn auch Kunststücke?» fragte Ebeling.
«Oh ja», erwiderte Hauenstein. «Wenn ich pfeife, bringt er Ihnen sofort Ihren Hut.»

«Welches Lied hast du gesungen?»

Hauenstein war ratlos.
«Herr Doktor», sagte er, «das war nun schon der vierte Autounfall meiner Frau. Ist sie vielleicht - unsterblich?»

«Wie einfach», stöhnte Hauenstein, «haben's doch die Vulkane. Sie brauchen nur zu rauchen, und schon heißt's: sie arbeiten.»

Hauenstein besuchte eine Abendgesellschaft und stand, dem Genius der stillen Abseitigkeit verfallen, gedankenverloren am Kamin, um die Leute zu beobachten, mit denen er sich umgeben hatte.
«Haben Sie», fragte man ihn, «nichts zum Sitzen.»
«Doch», erwiderte Hauenstein, «aber keinen Stuhl.»

Hauenstein und Ostendorff saßen beim Angeln.
«Bei Ihnen», sagte Hauenstein, «wird bald einer anbeißen.»
«Schön wär's», antwortete Ostendorff, «und keineswegs verfrüht. Schließlich sitzen wir nun schon über zwei Stunden hier...»
«Sie haben mich mißverstanden», entgegnete Hauenstein. «Ich wollte lediglich zum Ausdruck bringen, daß eine zähnefletschende Dogge hinter Ihnen steht.»

«Bald», sagte Ebeling, «gibt's, wie die Zeitung schreibt, sechs Milliarden Menschen auf der Erde – eine unvorstellbare Zahl!»
Hauenstein zuckte mit den Achseln.
«Von wann», fragte er, «ist denn Ihre Zeitung?»
«Von gestern. Warum?»
«Weil», sagte Hauenstein, «meine Nachbarin heute morgen Drillingen das Leben geschenkt hat.»

Von seinem Urlaub zurückgekehrt, fragte ihn seine Frau, ob er ihr auch treu gewesen sei.
«Oft», antwortete Hauenstein, «sehr oft.»

Auf seine Liebe zum Theater angesprochen, äußerte Hauenstein harsche Kritik:
«Ich vermisse Stücke», sagte er, «über die man sich ärgern muß.»

Hauenstein war keiner, der sein Mißvergnügen für sich behielt.
«Herr!» sagte er zu seinem Kontrahenten. «Wenn Sie nur eine Spur von Intelligenz hätten, würden Sie merken, wie blöd Sie sind.»

Man fragte ihn, ob es denn noch Gemeinsamkeiten gäbe, die ihn nach so langen Ehejahren mit seiner Frau verbinden.
«Gewiß», antwortete Hauenstein. «Wir haben am selben Tag geheiratet.»

«Ich fahre», sagte Frau Hauenstein, «morgen für ein paar Tage zu meiner Mutter. Kann ich noch etwas für dich tun?»
«Danke», sagte Hauenstein. «Das genügt.»

Hauenstein kam aus den Ferien zurück. Man erkundigte sich, wie es ihm gefallen habe. «Die Schweiz», sagte er, «könnte viel, viel größer sein, wenn man das Land nicht hochkant gestellt hätte.»

Auf seine ungewöhnliche Schweigsamkeit angesprochen, erklärte Hauenstein: «Ich rede nur, wenn ich ganz sicher bin. Und», fügte er lächelnd hinzu, als wolle er einer Zurechtweisung den Stachel nehmen, «ich rede viel.»

Als Hauenstein das Theater vorzeitig verließ, wurde er gefragt, warum er schon gehe.
«Ich habe den ersten Akt gesehen», sagte er, «und nehme an, daß die beiden folgenden vom selben Autor stammen.»

Gefragt, wie es um seinen Appetit bestellt sei, antwortete Hauenstein: «Schlecht, lieber Doktor. Ich habe noch nicht einmal mehr Lust auf Dinge, die Sie mir verboten haben.»

«In Paris gewesen zu sein und nicht auf dem Eiffelturm», sagte Hauenstein, «das ist wie nach Neapel fahren und dann nicht sterben.»

«Könnten Sie sich vorstellen», fragte die junge Dame und fletschte ihm, sehr wild entschlossen, sich zu amüsieren, mit blitzenden Zähnen ein Lächeln zu, «daß Sie mein Los mit mir teilen?» «Wieviel», antwortete Hauenstein, «haben Sie denn gewonnen?»

Als die Jagdgesellschaft zurückgekehrt war, mußte man mit Bedauern feststellen, daß man versehentlich einen Treiber angeschossen hatte. «Bezeichnenderweise», erläuterte Hauenstein, «einen Herrn namens Hirsch.»

«Das Ei des Damokles hat viele Gesichter», sagte Hauenstein. «Man braucht nur an Jason und seine Astronauten zu denken, an das berühmte Furunkel von Delphi oder an Odysseus und die Erinnyen – eine bewegte und bewegende Zeit! Man muß sie einfach bewundern, diese Antike.»

«Sicher hätte ich gern zweite Flitterwochen...
aber mit wem?»

«Bevor man ein heißes Eisen anfaßt», warnte Hauenstein, «sollte man sich vergewissern, daß es kein Wespennest ist. Sonst kann es leicht passieren, daß man sich in die Nesseln setzt.»

«Ich fröne nur mäßig dem Alkohol», sagte Hauenstein in einem jener seltenen Augenblicke edler Selbstverleugnung. «Eigentlich trinke ich nur, wenn ich Kummer habe oder eine riesige Freude erleben darf. Denn nichts verabscheue ich mehr als die rülpsende Widerlichkeit der Freizeitberauschung. Allerdings darf man sich auch wieder nicht verschließen, wenn man Gäste bewirtet. Und nicht selten lächelt eine Cognacflasche so verführerisch, als trage sie das Gesicht eines alten Bekannten. Andererseits ist ein Gläschen durchaus auch ein gewisser Trost für den, der sich einsam fühlt, und oftmals wäre es doch einfach zu schade, eine angebrochene Flasche wieder zu verkorken. Ansonsten aber meide ich den Alkohol. Es sei denn - ich habe Durst.»

Hauenstein suchte seinen Arzt auf.
«Wie fühlen Sie sich?» fragte der Doktor mit professioneller Höflichkeit.
Hauenstein zuckte die Achseln. «Wie kann ich mich schon fühlen?»
«Tut Ihnen etwas weh?»
«Was tut mir schon nicht weh?»
Der Arzt blieb ungläubig.
«Wann und wie hat das angefangen?»
«Was soll die Fragerei?» entgegnete Hauenstein mit dem Ausdruck eines Mannes, der gerade Karamelbonbons zerkaut hat und plötzlich mit Entsetzen feststellen muß, daß seine Zahnplomben darin steckenblieben.
«Wichtig», schnaubte er, «ist doch nur, wann das alles aufhört.»

«Der junge Herr dort», sagte Frau Hauenstein, «hat mich vor dem Ertrinken gerettet.»
«Ich weiß», erwiderte Hauenstein, «er hat sich schon bei mir entschuldigt.»

Frau Hauenstein wirkte wie eine Frau, die über so viel Kraft und Unverletzbarkeit verfügt, daß sie von den Widerwärtigkeiten des Lebens unberührt bleibt. Sie hatte viel durchgemacht und verstand es, das menschliche Kleingedruckte problemlos zu lesen.
«Was», fragte sie, «willst du essen? Suppe oder nichts?»

Hauenstein hatte ziemliche Schwierigkeiten, einen Parkplatz zu finden. Immer und immer wieder mußte er um den Häuserblock fahren. «Typisch!» zischte seine Frau. «Alle haben einen Platz gefunden – nur du nicht!»

Hauenstein, geübt im neidlosen Geltenlassen der anderen, hatte eine seltsame Manie für das Autobiografische, die ihn veranlaßte, von Zeit zu Zeit Sentenzen zu formulieren, die ein Subjekt in der dritten Person und ein Prädikat im Präsens beinhalteten.
«Frei», notierte er, «ist nur der Mensch, der will, was er ohnehin muß.»

Hauenstein hatte sich verspätet und stand vor seiner Frau, verloren wie ein Söldner in einer Welt ohne Krieg.
«Was?» sagte sie funkelnd. «Du bringst keine Blumen mit? Willst du mir weismachen, du hättest kein schlechtes Gewissen?»

Man fragte Hauenstein, warum er sich so niedergeschlagen gab.
«Das», antwortete er, «hat seinen guten Grund. Seit Wochen gebe ich mir nun die größte Mühe, besonders freundlich zu unserem Dienstmädchen zu sein, damit es uns erhalten bleibt – und jetzt hat mich meine Frau verlassen.»

«Stimmt es», fragte Westenhoff, «daß Ebelings Frau wieder zu ihm zurückgekehrt ist?»
Hauenstein nickte. «Ja», meinte er. «Sie hat ihm das Alleinsein einfach nicht gegönnt.»

«Ebeling», meinte Hauenstein versöhnlich, «war gestern nacht einfach zu betrunken, als daß er noch für eine Lokalrunde hätte geradestehen können.»

Da er nie gelernt hatte, seiner Zunge Gewalt anzutun, und keineswegs bereit war, nach Varianten eines emphatischen Ausdrucks zu suchen, äußerte Hauenstein seine Meinung, nachdem Westenhoff gegangen war, sehr freimütig.
«Westenhoff», sagte er, «ist so langweilig wie ein abgestandenes Bier. Er verfügt über eine gediegene Halbbildung. Ständig verwechselt er Kretin mit Gratin, Terpsichore mit Psychotherapie oder - was verzeihlicher ist - Kordon mit Kondom. Es ist fast gar nichts Bemerkenswertes an ihm. Das einzige, was auffällt, ist vielleicht gerade das Fehlen jeglicher Besonderheit. Nicht, daß mich seine aufreizende Durchschnittlichkeit stören würde», fügte er hinzu. «Was ihm fehlt, ist sein Mangel an Intelligenz.»

«Man sollte», meinte Hauenstein, als man sich über Kunst und Künstler unterhielt, «niemals die Reihenfolge außer acht lassen.»
Als er daraufhin viele fragende Blicke auf sich gerichtet sah, sah er sich zu einer weitläufigeren Erklärung veranlaßt.
«Wie wichtig dieser Unterschied ist, zeigt die leidige Beobachtung, daß viele Berühmtheiten an Syphilis erkrankten. Unterstellt man nun diesen offensichtlich unsinnigen Zusammenhang zwischen künstlerischer Bedeutung und Geschlechtskrankheiten, wäre es völlig falsch, mit der Infektion zu beginnen.»

Hauenstein blätterte in seiner Zeitung.
«Übrigens», sagte seine Frau beiläufig, «war ich gestern beim Arzt.»
«So?» fragte Hauenstein. «Und wie geht es ihm?»

«Dein Essen wird kalt!»

Hauenstein war keineswegs gutgelaunt, als er sein Büro betrat. Seine Stimmung war ebenso düster wie ein dunkler Turm voll bewaffneter Krieger.
«Wissen Sie», fragte seine Sekretärin, «wer gestorben ist?»
«Nein», brummte Hauenstein, zu bescheiden, um zu lügen, und zu einsichtig, um grob zu werden. «Aber heute ist mir jeder recht.»

«Daß Ihre Gattin blond war», sagte Hauenstein zu Ebeling, «ist mir noch dunkel in Erinnerung.»

«Meine Frau», beklagte sich Ebeling, «spielt immer die Gekränkte.»
«Seien Sie froh!» erwiderte Hauenstein. «Meine spielt Klavier.»

«Heute», sagte Hauenstein, «machen wir uns einmal einen gemütlichen Sonntag...»
Seine Frau war skeptisch. Dennoch räumte sie ein, dies sei eine gute Idee. «Was», fuhr sie fort, «werden wir unternehmen?»
«Ich», sagte Hauenstein, «bleibe zu Hause. Und du besuchst deine Mutter.»

«Nur», fragte Hauenstein, «weil er später einmal Ihre Jagd übernehmen soll, bestehen Sie darauf, daß Ihr Sohn Latein lernt?»

Hauenstein hatte eine ausgesprochene Abneigung gegen Wasser.
«Wenn der liebe Gott je beabsichtigt hätte, daß wir Menschen Wasser trinken», meinte er, «hätte er nicht so viel davon gesalzen.»

Als Hauenstein nach seinem schweren Unfall im Krankenhaus aus seiner Bewußtlosigkeit erwachte, versuchte er, sich zurechtzufinden. «Wo bin ich?» fragte er tonlos. «Im Himmel?» Seine Frau, die neben seinem Bett saß, schüttelte den Kopf. «Unsinn», sagte sie sanft. «Ich bin doch bei dir.»

❖

«Wie, bitte sehr, war noch Ihr Name?» fragte Hauenstein.
«Müller.»
«Müller? Müller? Haben Sie vielleicht Verwandte in Berlin?»

❖

«Meine Frau», meinte Hauenstein, «wünscht sich ein Paar Ohrringe zum Geburtstag. Nächstes Jahr werde ich sie ihr kaufen.»
«Und dieses Jahr?»
«Dieses Jahr», erwiderte Hauenstein, «laß ich ihr erst einmal die Ohren durchstechen.»

«Gestern», erzählte Westenhoff, «habe ich zum erstenmal nach über zwanzig Jahren einen Brief aus Amerika erhalten. Mein Bruder, der in New York gelebt hat, ist gestorben.»
«Wenigstens», meinte Hauenstein, «ein Lebenszeichen.»

«Haben Sie schon gehört, daß unser Freund, der alte Herr Waldmann, gestorben ist?» fragte Ebeling. «Der Tod hat ihn im Schlaf überrascht.»
«Eine angenehme Art, der Welt aus dem Weg zu gehen», erwiderte Hauenstein. «Wenn man bedenkt, wieviele Menschen leiden müssen, ehe sie sterben dürfen - und der liebe, alte Waldemar weiß noch nicht einmal, daß er tot ist.»

Angesichts der jugendlichen Krawalle und Revolten, die so viel Unruhe in die Welt getragen haben, äußerte sich Hauenstein mit Mißfallen. «Rabauken!» sagte er mit der gezügelten Ungeduld des gesetzten Alters, und dabei kam ihm seine Fähigkeit zustatten, abstrakte Begriffe durch konkrete Beispiele zu veranschaulichen. «Rüpel und Rabauken, denen man mitleidlos entgegenwirken muß. Fast», fügte er hinzu, «fühlt man sich aufgerufen, die so phantasievollen Werkzeuge der mittelalterlichen Gerichtsbarkeit aus der Asservatenkammer wiederzubeleben.»

«Andererseits», fuhr er fort, «scheint es das Vorrecht der Jugend zu sein, für Unruhe zu sorgen. Denn die Alten» – er nahm sich eine bedeutungsvolle Pause – «haben längst resigniert und sich in ihre politische Apathie geflüchtet. Auch sie gingen einmal sehr forsch zuwege, bis sie nach den Veränderungen, die sie provozierten, feststellen mußten, daß alles beim alten blieb, und daß sich nicht nur nichts geändert hat, sondern alles nur noch schlimmer geworden ist. Wenn ich mich recht besinne, muß ich zugeben, daß wir zu meiner Zeit sogar einmal einen Staatsstreich geplant hatten, wofür man aus heutiger Sicht ein gewisses Verständnis haben sollte. Ganz gleich, ob man nun Regierungen stützt oder stürzt: Blut ist flüssig. Warum sollte es nicht vergossen werden?»

«Auch ich», sagte er abschließend, «war einmal

genauso jung wie die, die mich heute belächeln. Vielleicht», fügte er versöhnlich hinzu, «sogar noch viel jünger.»

«Seit drei Wochen haben Sie keinen Ton mehr mit Ihrer Frau gesprochen?» fragte Hauenstein Ebeling. «Üben Sie Geduld, sie wird Sie bald wieder zu Wort kommen lassen.»

«Wußten Sie schon, daß man sich an einer Papierseite den Finger blutig schneiden kann?» Hauenstein nickte.
«Mit einem ordentlichen Schlachtermesser», sagte er, «auch.»

«Ich bin in letzter Zeit fürchterlich vergeßlich», klagte Hauenstein.
«Und was», erkundigte sich Ebeling, «tun Sie dagegen?»
«Wogegen?» fragte Hauenstein.

«Wie lange mußt du noch hier bleiben?
Letzte Woche ging die Butter aus,
und jetzt sind auch Brot und Kaffee zu Ende!»

Nachdem man den Einbrecher verhört hatte, wandte sich Hauenstein an den Kommissar: «Könnten Sie mich vielleicht», fragte er, «mit diesem Menschen für einen Augenblick allein lassen?»
«Wenn Sie es wünschen», erwiderte der Gesetzesdiener. «Ich glaube allerdings nicht, daß Sie noch mehr aus ihm herauskriegen werden.»
«Diesen Ehrgeiz habe ich nicht», antwortete Hauenstein. «Ich möchte lediglich von ihm erfahren, wie es ihm gelungen ist, in mein Haus einzudringen, ohne meine Frau zu wecken.»

«Man sollte sich den Wörtern nicht so sehr mit Ernst nähern», empfahl Hauenstein.
«Vielmehr mit einer Art wachem Respekt. Und nicht zuletzt mit Liebe und Nachsicht. Trotz Kopernikus darf Tag für Tag die Sonne aufgehen, und wie stilvoll ist die Metapher vom abnehmenden und zunehmenden Mond?»

Verwirrt starrte Hauenstein auf die Koffer, die seine Frau gepackt hatte.
«Willst du mich tatsächlich verlassen», fragte er, «oder möchtest du mir nur eine vorübergehende Freude machen?»

«Wenn man», sagte Hauenstein, der Vielgereiste, «auf den Flughäfen nicht nach Waffen und Bomben abgetastet würde, hätte ich überhaupt kein Sexualleben mehr.»

«Sie müssen mir gratulieren», meinte der strahlende Ebeling. «Meine Frau ist Großmutter und ich bin Großvater geworden.»
«Was Sie nicht sagen!» rief Hauenstein überrascht. «Zwillinge also?»

Man unterhielt sich über die Vorzüge der verschiedenen Sprachen und erörterte die Frage, welche wohl die schönste sei. Einige Sympathisanten bekannten sich zur universalen Verstehbarkeit des Englischen, die manche Mißklänge vergessen lasse, andere machten sich fürs Französische stark, dessen melodiöse Wohllaute dem diplomatischen Parlieren zur weltweiten Anerkennung verhalfen und durchaus verdienten, an erster Stelle genannt zu werden. Auch Italienisch, Spanisch und Russisch hatten ihre Befürworter und Verteidiger, nicht zuletzt die gezwitscherten Vogellaute zweier Südseedialekte.

Hauenstein, um seine Meinung angegangen, nachdem er die Auseinandersetzung in beredtem Schweigen verfolgt hatte, verwies zunächst auf die Vielzahl der Sprachen, die ihm nicht geläufig seien, ehe er mit stählerner Bestimmtheit und salomonischer Würde seine Entscheidung kundtat:

«Die schönste Sprache der Welt», sagte er, «ist die deutsche.»

Unverständnis wurde geäußert, Widerspruch laut. Dann, nach den Gründen gefragt, wie er denn seine Ansicht belegen wolle, zuckte er die Achseln hoch.

«Weil man», erläuterte er, «jedes Wort versteht.»

«Wie meinen?» fragte Hauenstein empört.
«Mich hält man für eingebildet? Ausgerechnet mich, den großen, den berühmten Hauenstein?»

«Mein Sohn», sagte Frau Ebeling stolz, «spielt heute abend Chopin.»
«So?» erwiderte Hauenstein. «Gegen wen?»

«Es gibt Leute», meinte Hauenstein, «die haben eine tadellose Vergangenheit und eine glänzende Zukunft. Und trotzdem ist ihre Gegenwart unerträglich.»

«Die Weibsleute», sagte Hauenstein, «werden mehr und mehr distanzlos. Kaum war ich vierzehn Tage verheiratet, hat mich meine Frau auch schon geduzt.»

Hauenstein liebte seinen Hund. Die übrige Kreatur war ihm fremd. Lediglich Fischen ließ er, in Maßen, eine gewisse Neigung zukommen, weil ihn, wie Ostendorff einmal bemerkte, offenbar ihre Schweigsamkeit faszinierte.
«Nicht nur», erwiderte Hauenstein. «Was mich noch mehr zu Fischen hinzieht, ist ihre Unfähigkeit zum Widerspruch.»
Möglicherweise, dachte er für sich, obwohl ihm die Idee eines Aquariums als bürgerliche Dimension überaus zuwider war, sind es auch die gierigen Mundbewegungen, mit denen sie nach dem Leben schnappen.

Andächtig lauschten sie dem Pianisten, der sinnigerweise mit dem Rücken zum Publikum saß.
«Chopin?» fragte Frau Ostendorff, die, wie es ihr die Gewohnheit zur Pflicht gemacht hatte, wieder einmal zu spät gekommen war.
Hauenstein zuckte die Achseln.
«Keine Ahnung», antwortete er. «Warten wir ab, bis er sich umdreht.»

Hauenstein unternahm eine Seereise. Zu allen Übeln kam ein Sturm auf.
«Wenn nun», sagte die Dame an seiner Seite, «das Schiff untergeht und wir alle Futter für die wilden Fische werden: Wen, mein Lieber, glauben Sie, würden sie zuerst zerreißen? Sie oder mich?»
Hauenstein verneigte sich charmant: «Die Gourmands werden sich auf mich stürzen. Die Gourmets auf Sie.»

«Wenn», meinte Hauenstein, «die Welt immer kleiner wird: Wieso werden dann die Portogebühren immer teurer?»

Hauensteins Schwiegermutter war gestorben.
«Beerdigung?» fragte der schwarze Herr vom Bestattungsinstitut. «Oder Einäscherung?»
«Beides», erwiderte Hauenstein. «Ich muß sicher gehen.»

Nachdem Ostendorff sein Bedauern darüber zum Ausdruck gebracht hatte, daß, wie er sich ausdrückte, kein noch so kompliziertes Beieinander menschlichen Zusammenseins derart zahlreiche und zugleich fruchtlose Mutmaßungen freisetze wie die beklagenswerten Folgen einer gescheiterten Beziehung, nickte Hauenstein schwer.

«In der Tat», meinte er. «Und das, obwohl die halbe Musikbranche, namhafte Teile der Weltliteratur, eine ungenannte Anzahl von Alkoholdestillateuren und eine unübersehbare Menge von Therapeuten und Psychologen von der Fragilität der Liebe leben.»

Er schwieg lange, ehe er fortfuhr, und eine gewisse Selbstzufriedenheit verklärte seine Einsicht. «Daß es unserer Zivilisation allerdings noch nicht gelungen ist, dieses Problem zu lösen und die erotischen Gefühle dauerhaft in den Herzen der Beteiligten zu verankern, ist geradezu tröstlich.»

«So», meinte Hauenstein überrascht, «Sie heißen Paulus?»
Er musterte den älteren Herrn mit unverhohlenem Interesse und lächelte ihn dann so freundlich an, als habe er einen verlorenen Bruder wiedergefunden. «Das ist ja großartig, Sie einmal kennenzulernen. Was ich schon immer wissen wollte: Wie war das eigentlich mit Ihren Briefen? Haben Ihnen die Korinther jemals geantwortet?»

«Wenn ich dich so trinken sehe», sagte Frau Hauenstein, «dann kommst du mir vor wie der Mond.»
Hauenstein widersprach schärfstens, bat jedoch um Aufklärung der Gründe, die seine Gattin zu einem so schnöden Vergleich veranlaßt hatten.
«Mit einem Viertel», erläuterte sie, «fängst du an. Dann kommt ein zweites. Bald danach ein drittes. Und am Schluß bist du voll.»

«Na schön, wir haben Silberhochzeit –
ich mache den Kaffee. Wo holst du Wasser?»

Hauenstein unterhielt sich auf einer Abendgesellschaft mit einer jungen Dame. Sie gehörte zu jener Sorte von Frauen, für die es im Leben mehr Nächte als Tage gibt.
«Ihre Ansicht», sagte er, «daß alle Männer Idioten sind, kann ich nicht teilen. Denken Sie doch einmal an die Junggesellen.»

«Ich habe», sagte Frau Hauenstein, als ihr Mann nach Hause kam, «eine Menge Dinge, über die ich mir dir reden muß.»
Sie warf ihm einen jener strafenden Blicke zu, die ihre beste Waffe darstellten.
«Das», entgegnete Hauenstein mit belustigter Duldsamkeit, «finde ich ausgesprochen begrüßenswert. Normalerweise», fuhr er fort, «mußt du immer nur mit mir über Dinge reden, die du nicht hast.»

«Und ob ich an Seelenwanderung glaube!» meinte Hauenstein. «Wir hatten da im Büro einen jungen Mann, der eines Tages mit den gesamten Einnahmen durchging...»
«Aber ich bitte Sie, mein Bester: Was hat dies denn mit Seelenwanderung zu tun?»
«Dieser junge Mann», erklärte Hauenstein, «war die Seele vom Geschäft.»

Man fragte Hauenstein, was er von einem gemeinsamen Bekannten halte.
«Für mich», antwortete er, und die berechnende Unverschämtheit seiner Worte verbarg sich in konzilianter Unterwürfigkeit, «wenn Sie auf mein unzulängliches Urteil überhaupt Wert legen, ist er der wohl zweitdümmste aller Menschen.»
«Der zweitdümmste? Wie, um Himmels willen, kommen Sie denn darauf?»
«Damit ein anderer nicht den Mut verliert», entgegnete Hauenstein. Und leise und mit feinem Lächeln fügte er hinzu: «Es wird gewiß Ihrer Aufmerksamkeit nicht entgangen sein: Der Andrang ist groß.»

Man unterhielt sich sehr eingehend über die Zeichen und Wunder des Glaubens und die außergewöhnlichen Geschehnisse, von denen die Bibel berichtet. Sie würden, wie Ebeling mit Überzeugung darlegte, gewiß mit dazu hinreichen, auch den gottlosesten Zögerer und Zauderer mit Zweifel zu schlagen.
«Für mich», sagte Hauenstein, «ist das Größte die wundersame Vermehrung der Brote und Fische. Man stelle sich nur vor: fünftausend Laib Brot und zweitausend Fische! Und das alles nur für die kleine Gemeinde.»
Ebeling lächelte.
«Ich freue mich», sagte er, «daß auch Sie, mein Freund, diesem großartigen Mirakel die gebührende Hochachtung angedeihen lassen.»
Hauenstein nickte.
«Ein Wunder», sagte er noch einmal. «Diese Menge! Diese Masse! Dieser plötzliche Überfluß! Am meisten aber wundert mich», fuhr er fort, «daß sie nach diesem Festmahl nicht geplatzt sind.»

«Und für wie alt halten Sie mich?» fragte Frau Ostendorff kokett. «Nun», antwortete Hauenstein, «man sieht es Ihnen nicht an.»

«Sie können mir glauben», meinte der Bettler, «ich habe, weiß Gott, schon bessere Tage gesehen.»
«Daran», entgegnete Hauenstein, «will ich gar nicht zweifeln. Aber wer spricht schon vom Wetter?»

Man diskutierte die Frage, warum die meisten Männer die Ehe scheuen.
«Eine Ehefrau», meinte Hauenstein, und er sprach mit der Autorität eines Mannes, der weiß, wovon er redet, «die besser ist als gar keine, muß schon eine verdammt gute Ehefrau sein.»

Man fragte Hauenstein, in welcher Form er seinen Geburtstag zu feiern gedenke. Hauenstein winkte freundlich ab.
«Bitte», sagte er, «machen Sie mir keine Umstände.»

«Ihr Freizeitsport ist Bogenschießen?» fragte Hauenstein bewundernd. «Eine spannende Angelegenheit! Wenn man bloß bedenkt, wie schwierig es schon ist, mit dem Pfeil geradeaus...»

Man sprach über die Vielfalt der Gründe, die Eheleute zusammengeführt haben, und Frau Hauenstein äußerte die Vermutung, ihr Mann habe sie nur wegen ihres Vermögens geheiratet.
«So eine Frage!» meinte Hauenstein aufgebracht und in heiligem Zorn. «Hätte ich dich vielleicht, nur weil du Geld hattest, nicht nehmen sollen?»

«Meine Bücher», sagte der Autor stolz, «werden heute von doppelt so vielen Leuten gelesen wie früher.»
«Ich wußte gar nicht», entgegnete Hauenstein, «daß Sie geheiratet haben.»

«Heute», sagte Frau Hauenstein, als ihr Mann vom Büro nach Hause kam, «hab ich Dinge über dich gehört! Dinge, die mich einfach sprachlos machen!»
«Schade», erwiderte Hauenstein. «Dann werde ich sie also nie erfahren.»

Im Zoo. Eine ältere Dame fragte Hauenstein, ob das Nilpferd bösartig sei. Hauenstein schüttelte den Kopf.
«Keineswegs», sagte er. «Das Nilpferd zählt zu den gutmütigsten Tieren. Man kann es geradezu um den Finger wickeln.»

«Falls du in Richtung Kühlschrank
schlafwandelst,
lass den Schinken in Ruhe!»

«Ich lasse mich auch weiterhin von meinem altmodischen schrillen Monstrum von Wecker aus dem Schlaf reißen», bemerkte Hauenstein, «und keinesfalls von diesen neuen, flüsternden, einschmeichelnden Gerätschaften oder gar von Musik. Nichts kann ich am frühen Morgen weniger vertragen als Heuchelei.»

«Ich werde demnächst nur noch im Ausland singen», sagte die matronenhafte Sopranistin mit wogendem Busen und bewegter Stimme. «Sehr rücksichtsvoll», meinte Hauenstein.

Hauenstein besuchte eine Gemäldeausstellung und betrachtete kopfschüttelnd die Bilder, die mit dem Hinweis «Unverkäuflich» gekennzeichnet waren.
«Ich finde es ausgesprochen hinterhältig», sagte er, «daß man die Werke, die der Museumsverwaltung nicht zusagen, mit einem so diffamierenden Schild versieht.»

Am morgendlichen Frühstückstisch beklagte sich seine Frau. Sie habe, wie sie sagte, aufgrund des Schnarchens ihres Gatten stundenlang kein Auge zutun können.
Hauenstein nickte mitfühlend:
«Wenn man die halbe Nacht wachliegt, braucht man sich nicht zu wundern, daß man an Schlaflosigkeit leidet.»
Und tröstend fügte er hinzu:
«Eines nur ist sicher: Nach einer solchen Nacht wacht man wohl oder übel auf.»

Man fragte Hauenstein, ob er denn noch nie den Versuch gemacht habe, seinen Alkoholkonsum einzuschränken.
«Doch», entgegnete er. «Ich habe mir letzte Woche sogar ein Taschenmesser ohne Korkenzieher gekauft.»

Hauenstein besuchte das Theater.
«Garderobe», sagte er Portier, «rechts bitte.»
«Sehr freundlich», meinte Hauenstein. «Aber ich habe alles, was ich brauche.»

«Können Sie mir sagen, ob ein Kamel ein nützliches Tier ist?» fragte die ältere Dame im Zoo.
«Ein außerordentlich nützliches Tier, liebe Frau», antwortete Hauenstein. «Es wird beispielsweise sehr häufig als Schimpfwort gebraucht.»

Frau Hauenstein beklagte sich über die Untugenden ihres Gatten - schier endlos war die Liste ihrer Beschwerden.
«Am schlimmsten aber ist», meinte sie abschließend, «daß er oft stundenlang dasitzt, ohne auch nur ein Wort von dem zu hören, was ich sage.»

«Mit seinem unverschämt dicken Bauch», sagte Hauenstein, «hätte man Ostendorff früher für steinreich eingeschätzt. Heute dagegen muß man befürchten, daß er kein Geld hat, um Diät zu halten.»

«Wenn man», sagte Hauenstein, «wie die Philosophen behaupten, von alledem, was Frauen sagen, nur die Hälfte glauben darf, dann bleibt immer noch die Frage offen, um welche Hälfte es sich handelt.»

«Sie verwickeln sich in Widersprüche», sagte Hauenstein ungehalten und maß die Dame an der Kasse mit einem wütenden Blick. «Wenn Sie selbst zugeben, noch nie einen Vierzig-Euro-Schein gesehen zu haben: Wie können Sie dann behaupten, daß dieser falsch ist?»

«Ich habe», gestand Hauenstein, «einerseits eine schreckliche Schwäche, Versprechungen zu machen. Andererseits», fuhr er fort, «besitze ich die Stärke, diese Versprechungen nicht zu halten.»

«Zugvögel», sagte Hauenstein, «sind bedauernswerte Tiere. Man stelle sich nur vor: Jedes Jahr in den Süden fliegen zu müssen! Wie bequem», fuhr er fort, «haben's da die Eulen. Sie lassen sich nach Athen tragen.»

«Unsere Verwandtschaft zur Tierwelt ist schon von den Bezeichnungen her äußerst beunruhigend», meinte Hauenstein. «Wenn man nur bedenkt, was ein Mensch alles sein kann: aalglatt, fuchsschlau, spinnefeind, bienenfleißig und schließlich», fuhr er fort, «mausetot.»

«Was soll ich nur tun?» fragte Ebeling ratlos. «Die Schwester meiner Frau, ein unverheiratetes spätes Mädchen, leidet unter Zwangsvorstellungen. Sie hat sich vollständig aus der Welt zurückgezogen.»
Hauenstein horchte auf.
«Menschen», sagte er, «sind sehr empfindlich, sobald sie merken, daß man merkt, was sie niemanden merken lassen wollen.»

«Der einzige Weg, sich eine Schwiegermutter zu ersparen?» meinte Hauenstein - und damit zeigte sich aufs neue die poetische Reichweite seiner Phantasie: «Man sollte die Geschwisterehe zulassen.»

Hauenstein belehrte den trostsuchenden Ostendorff: «Eine Ehe», sagte er, «funktioniert erst dann gut, wenn einer der Partner total resigniert.»

«Sie wird nervös, wenn wir das neue Geschirr benutzen!»

Hauenstein gab sich überzeugt, daß auch ein Dieb irgendwann einmal - und sei es in fernster Zukunft - seine Untaten bereue. Seine Frau bezweifelte diese allzu wohlwollende Beurteilung von Kriminellen.
«Hast du», fragte sie, «vielleicht vergessen, wieviele Küsse du mir vor unserer Ehe geraubt hast?»
«Nicht einen», entgegnete Hauenstein. «Darauf begründet sich ja meine Theorie.»

Als man auf die jüngste Vergangenheit zu sprechen kam, zeigte Hauenstein Unverständnis:
«Die Zeiten», meinte er, «haben sich grundlegend geändert. Heute setzt man sich mutwillig über die neuesten Erkenntnisse der Wissenschaft hinweg und schlägt alle Warnungen in den Wind. So ist es für mich völlig unverständlich, daß man die Städte nicht aufs Land baut, wo doch die Luft dort viel besser und gesünder ist. Ebenso unerklärlich finde ich, daß man, um sich modern zu geben, in Freizeitkleidung zur Arbeit geht.»

«Herr Doktor», sagte Hauenstein fast flehendlich, «nachdem Sie festgestellt haben, daß meine Frau an einem Minderwertigkeitskomplex leidet: Bitte sehen Sie zu, daß sie ihn auch behält.»

«Stellen Sie sich vor», sagte Westenhoff, «mein Nachbar, der Dachdecker, ist von einem Auto überfahren worden.»
«Unglaublich!» meinte Hauenstein. «Nicht einmal mehr auf dem Dach ist man sicher!»

Man fragte Hauenstein, wie er sich sein Alter vorstelle.
«Meinen Sie das Alter, das ich schicksalhaft hinnehmen muß, oder das Alter, wie ich es mir wünsche?»
«Selbstverständlich wie Sie es sich wünschen.»
«Oben», meinte Hauenstein, «licht und unten dicht.»

Hauenstein, auf seine profunden Kenntnisse im Hinblick auf die Verschiedenartigkeit der Geschlechter angesprochen, legte die Stirn in Falten.

«Ich möchte Sie, junger Freund», sagte er mit abgeklärter Gelassenheit, «weder belehren noch bekehren. Dennoch habe ich es mir zur Pflicht gemacht, die Welt und ihr Treiben mit Nachsicht im Auge zu behalten und meine uneinsichtigen Mitstreiter auf bestimmte Dinge aufmerksam zu machen. Je besser ich die Frauen kennenlerne, umso mehr denke ich, daß man ein Gesetz erlassen sollte. Irgend etwas muß in Bezug auf dieses Geschlecht geschehen, sonst richtet sich unsere Gesellschaft zugrunde. Es gibt eben gewisse weibliche Wesen, die man verehrt und bewundert – aber nur aus der Ferne. Sobald sie Anstalten machen, näher zu kommen, greift man unwillkürlich nach einem stumpfen Gegenstand. Und dann, mein Freund, wollen Sie wissen, warum die meisten Ehemänner vor ihren Frauen sterben? Ich will es Ihnen sagen: weil sie einfach keinen anderen Ausweg mehr sehen. Ihre Frage aber gesellt sich, nebenbei bemerkt, zur allgemeinen Unwissenheit, was dieses Thema angeht, und zeigt wieder einmal mehr, daß die Hälfte der Menschheit keine Ahnung hat, was die anderen drei Viertel so treiben.»

«Ich will nicht behaupten, daß es um mein Liebesleben karg bestellt ist», sagte Hauenstein. «Aber ich muß schon einräumen, daß ich nach einem Verkehrsunfall Schwierigkeiten hätte, den Körper meiner Frau zu identifizieren.»

«Westenhoff», sagte Hauenstein, «ist so sehr von der Idee der Wiedergeburt überzeugt, daß er sich selbst in seinem Testament als Alleinerbe eingesetzt hat.»

«Wenn Sie schon mit mir diskutieren wollen», sagte Ebeling, und er sprach geradezu mit pontifikalem Anspruch, «dann bitte auf gleichem Niveau und Auge in Auge.»
Hauenstein zögerte in der Gewißheit, einem Mitmenschen von mäßiger Intelligenz jederzeit Rede und Antwort stehen zu können.
«Dann», erwiderte er, «bedeutet dies, daß Sie von mir verlangen, in die Knie zu gehen?»

Über Fräulein Rosenfeld, seine Sekretärin, hatte Hauenstein ein äußerst zwiespältiges Urteil:
«Sie hat zwar ein gewisses Etwas, aber etwas Gewisses weiß man nicht.»

Man sprach über alte Bekannte, die einem der Zufall über den Weg führt, und Hauenstein wurde nicht müde, sich über eine Dame auszubreiten, die er vor reichlich drei Jahrzehnten sehr verehrt hatte und die ihm vor wenigen Tagen begegnet war. Fast geriet er ins Schwärmen:
«Die sogenannte ehemalige Schönheit hat durchaus etwas Anziehendes, etwas Rührendes, wie es normalerweise Ruinen vermitteln. Vor den Überbleibseln des Edlen muß sich ein denkendes, fühlendes Innere beugen. Die Reste dessen, was einst vornehm und glänzend war, flößen uns Mitleid, zugleich aber auch Respekt ein. Vergangenheit, Verfallenheit, wie seid ihr bezaubernd! Und dann erst der Gedanke, mit heiler Haut davongekommen zu sein!»

Ein fürchterlicher Wolkenbruch ging nieder. Hauenstein, dem Wasser in jeglicher Begegnung zuwider war, flüchtete sich ins Fundbüro.
«Wurde», fragte er atemlos, «bei Ihnen ein Schirm abgegeben?»
«Wie soll er aussehen?»
«Das», erwiderte Hauenstein, «ist mir völlig egal. Ich bin nicht anspruchsvoll.»

«Das Prinzip von Ursache und Wirkung», schulmeisterte Hauenstein, «ist ganz einfach zu erklären: Nehmen wir einmal an, daß der Hausarzt am Begräbnis seines Patienten teilnimmt...»

«Was, um Himmels willen, machst du nur für ein Gesicht?» fragte seine Frau vorwurfsvoll.
«Wenn ich», erwiderte Hauenstein, «Gesichter machen könnte, würdest du ganz anders aussehen.»

«Ich hoffe, ich schaue in diese Richtung,
wenn ich morgen früh aufwache!»

Eine lebensgroße Dogge aus Stein, die er in seinem Garten aufstellen ließ, war Hauensteins ganzer Stolz.
«Wie oft», fragte Ebeling spöttisch, «füttern Sie die Bestie?»
Hauenstein verzog keine Miene.
«Sooft sie bellt», antwortete er.

Mit Überzeugung begegnete Hauenstein den Vorhaltungen seiner Frau:
«Was heißt: Ich sitze in der Kneipe? Ich mache Geld flüssig.»

Kaum hatte die Sylvesterparty ihren Höhepunkt erreicht, begann Hauenstein, sich bei seinen Gästen zu verabschieden.
«Was soll das?» grummelte seine Frau. «Willst du unsere Freunde vergraulen?»
«Keinesfalls», erwiderte Hauenstein. «Aber jetzt kann ich sie noch auseinanderhalten.»

«Sie sehen so zufrieden aus», meinte Westenhoff anerkennend.
Hauenstein nickte. «Sie haben recht», meinte er dann. «Gelegentlich gibt es Tage, da bin ich mir selber fremd.»

«Als Dreijähriger sollen Sie, wie man mir berichtet hat, aus dem fünften Stock vom Balkon gefallen sein. Und Sie waren nicht tot?» fragte Gräfin Reventlow.
«Doch», antwortete Hauenstein.

Gefragt, wie er seinen Urlaub verbracht habe, antwortete Hauenstein:
«Wie die Sonntage zu Hause. Man sitzt rum und wartet aufs Mittagessen.»

Hauensteins Bekenntnis:
«Was soll ein so gottloser Zeitgenosse wie ich, der sich verzweifelt bemüht, Halt zu finden in dieser entgötterten Welt? Regelmäßig in die Kirche gehen, wo uns einer jener Handlanger Gottes seine einfältigen Ansichten über das Leben offenbart, im Anschluß an seine Darlegungen versucht, uns wegen unserer zweifelhaften Wohlhabenheit ein schlechtes Gewissen einzuimpfen, und uns abschließend bittet, freigebig zu sein und auf einen Teil des baren Teufelszeugs zum Nutz und Frommen weniger glücklicher Menschen in fernen Kontinenten zu verzichten?
Ich glaube weder, daß wir uns Woche für Woche vor Gott demütigen müssen, noch daß diese Predigten im Sinn des himmlischen Herrn sind, noch daß das Geld den Weg nimmt, den man uns so einprägsam aufzeigt.»
Er freue sich vielmehr, wie er abschließend betonte, auf alle Bosheiten, die ihm nach seinem Tod offenstünden, da ihm aufgrund seines vergnüglichen Erdendaseins die Glückseligkeit, soweit man den schwarzen Geistlichen glauben dürfe, versagt sei. Vielleicht war das der Hauptgrund, warum er mit beinah teuflischer Hartnäckigkeit auf seiner Überzeugung bestand, daß die menschliche Seele weiterlebe.

Als man Hauenstein ins Gewissen redete, wurde er barsch:
«Vernunft soll ich annehmen? Ich bin doch nicht verrückt!»

«Früher», sagte Hauenstein, «fielen mir immer Witze über die Ehe ein. Jetzt bin ich selbst verheiratet.»

Man fragte Hauenstein, wie es ihm auf der Party vom Vortag gefallen habe.
«Sehr», antwortete er. «Ich habe mich fast so gut amüsiert, wie wenn ich den Abend allein verbracht hätte.»

«Die Kreativität eines Ehemanns», dozierte Hauenstein, «erkennt man an der Qualität seiner Ausreden.»

«Sie sind also der neue Postbote?» fragte Hauenstein. Der junge Mann schüttelte den Kopf.
«Vorübergehend», sagte er.
«Sie machen Ihren Job demnach nur aushilfsweise?» fragte Hauenstein.
Der junge Mann nickte.
«Ich studiere», sagte er. «Mathematik. Briefe und Päckchen trage ich nur aus, um mir ein Zubrot zu verdienen.» Er äußerte sich mit der spekulativen Bescheidenheit derer, die sich in der Hoffnung auf Erhöhung erniedrigen.
«Meine Hochachtung!» meinte Hauenstein.
«Ich bin immer sehr davon angetan, wenn ich feststellen darf, wie fleißig und vorurteilslos die Jugend ihr Leben meistert.»
Er nahm die Sendung, die ihm der junge Mann hinreichte, entgegen. «Vielen Dank», sagte er freundlich.
Der enttäuschte Bote, seiner verschämten Hoffnung auf ein Trinkgeld entsagend, wandte sich ab, nicht ohne eine abfällige Bemerkung vor sich hinzumurmeln.
«Wie meinen?» fragte Hauenstein.
Der Student drehte sich um.
«Ich meine», knurrte er, «daß sich Dank auch in Zahlen ausdrücken läßt.»
Hauenstein nickte verbindlich.
«Tausend Dank», sagte er.

Als Hauenstein guten Muts zu Ebeling kam, wurde er heimtückisch überfallen: Frau Ebeling gab zu verstehen, daß sie fest entschlossen sei, sich ans Klavier zu begeben und Musik zu Gehör zu bringen.
Hauenstein betrat die Wohnung wie ein Verurteilter, der sich im Gefängnis meldet.
Widerstand zu leisten, ging über seine Kraft.
«Wie mir gesagt wurde, lieben Sie Tschaikowski über alles?» sagte sie.
Hauenstein nickte. «Ja, das stimmt», meinte er.
«Aber spielen Sie trotzdem.»

Man unterhielt sich über den bevorstehenden Urlaub.
«Ich kann», klagte Ostendorff, «in der Nacht vor einer Reise nicht schlafen.»
«Warum», fragte Hauenstein, «fahren Sie dann nicht einen Tag früher?»

«Na, heute schmecken dir
aber meine kleinen Küchlein!
Nimm ruhig noch eins!»

Man diskutierte das Für und Wider einzelner Berufe.
«Der mit Abstand widerwärtigste Beruf ist der des Steuereinnehmers.»
Man bat Hauenstein um eine Erklärung.
«Weil», antwortete Hauenstein, «ein Steuereinnehmer einnimmt, was andere abführen müssen.»

«Sie kommen mir», sagte die sehr blonde junge Dame, «irgendwie bekannt vor. Ihr Gesicht habe ich jedenfalls schon einmal gesehen.»
Hauenstein, dem der fröhliche Wein in den Augen funkelte, nickte.
«Gewiß», meinte er. «Etwas anderes habe ich Ihnen ja auch noch nicht gezeigt.»

«Alles», sagte Hauenstein, «alles geht abwärts. Was man früher im Herzen trug, liegt uns heute im Magen.»

Gräfin Reventlow gab sich überaus indigniert, als sie mitansehen mußte, wie Hauenstein das allerliebst kredenzte zartdünne japanische Tässchen von gebrechlicher Anmut mit seinen groben Händen zum Mund führte und in einem Zug austrank. Und da er nicht einmal erwähnenswert fand, wie gut das liebevoll zubereitete Getränk ihm mundete, hielt sie es für ihre Pflicht, sich ein bißchen zu ärgern.
«Ich habe», sagte Hauenstein, als er ihre Entrüstung bemerkte, «für Tee keine Zunge. Ich trinke ihn eigentlich nur, weil er naß ist.»

Man wollte wissen, was er von seinen Zeitgenossen halte, und Hauenstein gab sich geradezu bavardesk. «Seit über vierzig Jahren», meinte er, «studiere ich die Menschen und finde sie, jeden einzelnen für sich betrachtet, so nichtsnutzig, daß ich selbst dann nichts von ihnen zu hoffen wage, wenn sie in Massen auftreten.»

Westenhoff brillierte mit einer langen Tischrede.
Man fragte Hauenstein, was er von den Ausführungen seines Freundes halte. «Den Anfang der Rede», antwortete er, «habe ich vergessen. Deshalb ist es mir auch nicht möglich, den Hauptteil zu verstehen. Den Schluß aber halte ich für ausgemachten Blödsinn.»

Man fragte Hauenstein, ob er sich angesichts seines angeschlagenen Wohlbefindens nicht zu einer stärkenden Leibesertüchtigung bereitfinden könne.
«Der Sport», entgegnete er abwinkend, «ist bestenfalls dazu da, daß man gesünder stirbt. Von längerem Leben kann keine Rede sein.»

«Klavierspielen», sagte Hauenstein, «ist nichts anderes als die Fähigkeit, die richtige Taste im richtigen Moment niederzudrücken.»

Hauensteins Frau hatte sich verspätet, und er, besorgt, erkundigte sich nach ihrem Verbleib.
«Ich war», antwortete sie mit feinem Lächeln, «in einem Schönheitssalon.»
Hauenstein gab sich ratlos. Dann, nachdem er sie mit kritischem Wohlwollen gemustert hatte – denn Hauenstein gehörte zu jener seltenen Sorte von Ehemännern, die dem Aussehen ihrer Gattin auch nach Jahren noch Aufmerksamkeit zuwenden – meinte er nachdenklich und mehr zu sich selbst: «Und ich habe immer gedacht, daß man ein solches Institut aufsuche, um sich ein vorteilhaftes Aussehen zu kaufen.»

«Wenn Sie einmal sterben», sagte Westenhoff, «schreibe ich Ihren Nekrolog.»
«Das», erwiderte Hauenstein geschmeichelt, «ist direkt eine Verlockung, Selbstmord zu begehen.»

Hauenstein, der die pekuniäre Zwischenmenschlichkeit zum Anlaß nahm, sich über Ostendorffs fragwürdige Beziehung zum Geld Gedanken zu machen, kritisierte den, wie er sich ausdrückte «empörenden levantinischen Geist» seines Freundes:
«Er beherrscht viele Dialekte. Am besten aber versteht er die Sprache des Geldes. Davon hat er so viel wie seine Frau Haare auf dem Kopf. Und Kahlköpfigkeit war ihr nie ein Problem. Im übrigen ist Ostendorff so sparsam, daß er sich zu Tode ärgert, weil er keine Glühbirne reparieren kann.»

«Unser Sohn», sagte seine Frau, «wird dir von Tag zu Tag ähnlicher.»
«Was», fragte Hauenstein, «hat er denn schon wieder ausgefressen?»

«Was ich von der Liebe auf den ersten Blick halte?» fragte Hauenstein. «Man spart viel Zeit.»

Man fragte Hauenstein, wie lange er verheiratet sei.
«Dreiundzwanzig Jahre», antwortete er. «Aber ich hoffe, das Schlimmste hinter mir zu haben.»

Man berichtete von einer Forschungsexpedition auf Sumatra, wobei die Teilnehmer beobachtet hatten, wie einer der Eingeborenen seiner Frau einen Stein um den Hals band und sie von einem Felsen ins Meer stürzte.
«Die Wilden», sagte Hauenstein, indem er durch die Abwesenheit jedes Ausdrucks erkennen ließ, daß ihn auf der Welt nichts mehr zu erschüttern vermochte, «sind uns in vielen Belangen des Alltags überlegen. Mit der Vorgehensweise dieses braven Mannes könnte es zum Beispiel gelingen, die Scheidungsformalitäten auf ein Minimum zu reduzieren.»

«Ich gehe jetzt!
Bei euch zieht es immer so!»

Sie hatte ihre übliche Morgenlaune, während sich Hauenstein pfeifend an den Frühstückstisch begab und mit beachtenswertem Appetit lustvoll dem Gedeck zusprach.
«Kannst du dich nicht», fragte sie aufgebracht, «wie andere Männer auch, hinter deiner Zeitung verbergen?»

Hauenstein war als Tänzer gefürchtet. Man fragte ihn, warum es ihm so schwerfalle, im Takt zu bleiben.
«Die Musik», sagte er, «lenkt mich ab.»

«Warum bloß so wenige Frauen zum Angeln gehen?» fragte Hauenstein. «Weil es schon genug andere Dinge gibt, über die sie ihre Lügen verbreiten können.»

«Meine Frau», sagte Hauenstein, «will sich scheiden lassen.»
Er nickte mit schwerer Miene.
«Ich auch», sagte er dann. «Übrigens: das ist das erste Mal in unserer Ehe, daß wir einer Meinung sind.»

Hauenstein, der einen langen Trauerzug durch die Straßen begleitete, wurde von einem Passanten gefragt, wer denn da beerdigt werde.
«Der im ersten Wagen», antwortete er.

«Das Leben», meinte Hauenstein, «ist eine einzige Illusion. Die Jugend hegt Hoffnungen, die sich nie erfüllen werden. Und das Alter träumt von Erinnerungen an Ereignisse und Erfolge, die nie stattgefunden haben.»

«Wenn ich mir so die Schönen und Reichen betrachte, wie sie in den Medien dem staunenden Publikum dargeboten werden, dann bin ich», sagte Hauenstein, «wie ich gestehen muß, doch einigermaßen ratlos: der ganze Glanz, der verschwenderische Luxus, die leichte, offene und öffentliche Art, wie sie leben und lieben – man könnte nachgerade neidisch werden.
Noch ratloser allerdings macht mich das Kürzel, mit dem man diese Leute landläufig bezeichnet: Promis. Es wird zwar, wie behauptet wird, von Prominenz abgeleitet. Ich dagegen tippe mehr auf Promiskuität.»

«Ich muß Sie darauf hinweisen», sagte der Richter, «daß Sie als Zeuge vor Gericht nur aussagen dürfen, was Sie mit eigenen Augen gesehen und nichts, was Sie nur von anderen gehört haben.»
Hauenstein nickte ernst.
«Zunächst», fuhr der Richter fort, «einige Angaben zu Ihrer Person. Stimmt Ihr Geburtsdatum?»
Hauenstein zuckte die Achseln hoch.
Dann nickte er abermals, ernst vor banger Wachsamkeit.
«Das, Euer Ehren», antwortete er schmunzelnd, «weiß ich allerdings nur vom Hörensagen.»

«Der häusliche Zank», meinte Hauenstein, «ist geradezu Bestandteil eines gedeihlichen Ehelebens, sofern sich», fuhr er fort, «die Dinge damit wieder auf einen natürlichen, möglicherweise sogar erfreulichen Stand bringen lassen. Für den Mann», fügte er hinzu, «ist bei einer ehelichen Auseinandersetzung eine Niederlage keine ungewohnte Erfahrung. Dennoch sollte man nicht verzagen oder gar den Mut verlieren. Hier empfiehlt sich vielmehr, mit souveräner Gleichgültigkeit der Mißlaune zu begegnen, die die Dame des Hauses an den Tag legt. Es sei denn, man leide unter dem hochempfindlichen Talent zum Unglücklichsein. Die Gefahr ist groß. Denn das männliche Naturell neigt dazu, sich ins Unvermeidliche zu fügen.» Hauenstein gönnte sich einen genußvollen Zug aus seiner Zigarre.

«Wichtig scheint mir», fuhr er fort, «sofern noch kein bestimmter Ausgang durchgefochten und der weibliche Triumph noch nicht vollkommen ist, herauszufinden, ob sich Madame geneigt zeigt, die Feindseligkeit beizulegen oder wieder aufzunehmen. Denn eine Aussprache, die einer Aussöhnung gleichkäme, hat bisher noch nicht stattgefunden. Hier ist Gespür und Feinfühligkeit gefragt. Und nichts wäre falscher als unangebrachte Aufrichtigkeit, wenn man, wie ich unterstelle, zu Unrecht einer Untat bezichtigt wird. Mit anderen Worten: Man sollte sich eher den Gewissensqualen eines Meineids hingeben, als die Wahrheit einzugestehen. Das bedeutet für uns Männer im gewissen Sinn eine tiefgreifende Umorientierung unseres ethischen Standpunkts – sozusagen eine Gratwanderung zwischen Szylla und Karibik.»

Hauenstein, einerseits als wortkarg geschätzt, zeigte andererseits eine ausgesprochene Begabung als Redner. Darauf angesprochen, äußerte er sich wie folgt:
«Was ich zu sagen habe? Man beherrscht mühelos und schnell die Tugend des Schweigens, wenn man sich erst einmal bewußt macht, wie sehr und wie oft man mißverstanden wird. Aber auch Sprachlosigkeit kann beredt sein. Ist es vielleicht gleichgültig, ob man nichtssagend redet oder vielsagend schweigt? Im übrigen: Nicht jeder, der den Mund hält, hat etwas zu sagen.»

«Was die Evolution angeht», sagte Hauenstein mit der Miene eines Mannes, der sich auf den Arm genommen fühlt, «war ich schon immer skeptisch. Was soll diese von der Unvernunft diktierte Behauptung, daß der Mensch vom Affen abstamme? Eine Dummheit, die einen Heiligen in die Hölle treiben könnte! Warum, um alles in der Welt, gibt es dann überhaupt noch Affen? Und warum haben sich nicht alle entschlossen, insgesamt zum Menschengeschlecht zu konvertieren? Immerhin ein Zeichen dafür, daß sie nicht gar so einfältig sind, wie wir es ihnen in unserer Überheblichkeit unterstellen. Im übrigen», fuhr er fort, «braucht man kein kirchengläubiger Mensch zu sein, um zuzugestehen, daß es der liebe Gott nicht nötig gehabt hat, zuerst den Affen zu erschaffen und daraus den Menschen zu machen. Derartige Umwege», meinte er abschließend mit dem Ausdruck duldsamen Verständnisses, «wären wenig göttlich. Allein schon die ketzerische Unterstellung sollte unter Strafe gestellt werden.»

«Und jetzt ganz entspannen – ich möchte mal die Reaktion Ihrer Bauchmuskeln testen.»

**„ Nur der ist groß,
der im gegebenen Augenblick
ein Wort spricht,
das zum geflügelten wird."**

Hauenstein

Viele meinen, es gäbe nur deshalb Mücken,
um Elefanten aus ihnen zu machen.

Man sollte einem Taktlosen ab und zu
den Marsch blasen.

Wie dumm kann man ins Schwarze treffen
und wie klug daneben.

Mancher ist als Genie auf die Welt gekommen
und als Idiot gestorben.

Je mehr man ißt, umso schwieriger wird es,
näher an den Tisch heranzukommen.

Wer seine Träume verwirklichen will,
muß wachsam sein.

Frauen achten auf die Linie,
Männer auf die Kurven.

Auch Kopfarbeit muß Hand und Fuß haben.

Was man beim Mann Erfahrung nennt,
heißt bei der Frau Vergangenheit.

Die Engstirnigkeit wird immer breiter.

Man sollte die Frauen stets in Arbeit halten,
damit sie nie das Gefühl haben,
unnötig zu sein.

Jeder Mensch ist anders.
Nur die Weiber sind alle gleich.

Oft wird das Weite gesucht.
Wann, endlich, wird es gefunden?

Schon manches dunkle Gerücht
hat helle Aufregung ausgelöst.

Für manchen ist ein Kaltes Büffet
ein gefundenes Fressen.

Nicht jeder, der am Stock geht,
braucht Krücken.

Eskimos sind unverfroren.

Alle klagen über ihr Gedächtnis,
niemand über seinen Verstand.

Oft muß man, um besser zu sehen,
beide Augen zudrücken.

Nichts reizt so sehr wie kein Widerspruch.

Wandmalerei hat keine Kehrseite.

Mancher setzt sich zwischen zwei Stühle,
um nicht zu fallen.

Gelb vor Neid,
ärgert sich mancher grün und blau,
ehe er rot sieht und schwarz wird.

Wissensdurst ist die flüssige Form
von Bildungshunger.

Aktmalerei ist nackter Kunstgenuß.

Auch die Geige ist ein Streichholz.

Totreden ist Körperverletzung,
totschweigen Mord.

Wenn ihr Schiff auf Strand läuft,
verfluchen die Matrosen das Ufer.

Intellekt heißt für viele bloß Dagegensein.

Vieles, was die Krönung sein sollte,
ist nur der Gipfel.

Je kleiner ein Land, desto größer das Ausland.

Wenn sie sich seinem Einfluß nicht entzieht,
kann das peinlich enden.

Wer zu dumm zum Lügen ist,
muß notgedrungen die Wahrheit sagen.

Hinter echten Zähnen vermutet man selten
eine falsche Zunge.

Kaum glaubt man, einen Platz an der Sonne
errungen zu haben,
da geht sie auch schon unter.

Auch Sommersprossen sind Gesichtspunkte.

Umleitungen vertiefen die Ortskenntnis und
erweitern den Wortschatz.

Es macht schon einen Unterschied,
ob man beschlagen oder bekloppt ist.

Nichts ist leichter, als schwerfällig zu sein.

Lieber Schweißperlen
als überhaupt keinen Schmuck.

Auch bei Ebbe kann man in die Fluten steigen.

Was nicht griffbereit ist, ist wie weggeworfen.

Auch ein Lorbeerkranz kann Kopfweh
verursachen.

Wer mit beiden Beinen auf dem Boden steht,
kommt nicht voran.

Vieles, was schrecklich einfach ist,
ist einfach schrecklich.

Stürmisch ist besser als windig.

Wenn man lange genug zu einem Stern
hinaufblickt, blinzelt er einem zu.

Nicht jeder Leib ist ein Körper.

Der erste Eindruck: optische Premiere.

Wer unentdeckt Verbrechen begeht,
hält sich bald für unschuldig.

Ein Abgrund fühlt sich übergangen.

Die meisten Menschen haben ein Gesicht,
die wenigsten ein Profil.

❖

Das Recht ist eine Macht,
die der Macht das Recht streitig macht.

❖

Einen intelligenten Menschen
erkennt man daran,
daß er die gleichen Ansichten hat wie wir.

❖

Hauensteins Nachtgedanken

Vita brevis

Über das Leben, das oftmals so schwer sein kann, daß es nicht selten von Philosophen als Kampf gedeutet wird, hatte Hauenstein seine eigene Meinung.

«Gewiß», sagte er, versunken in ein unbestimmtes Schauen, «es ist einzuräumen, daß vieles im Leben rauh und roh ist. Daß Böses geschieht und Gutes unterlassen wird. Daß wir es schließlich mit Zeitgenossen teilen müssen, deren hohes Aggressionspotential und niedrige Hemmschwelle zu abscheulichen und verwerflichen Taten verführen. Andererseits aber gibt es viele liebe und treue Mitmenschen, die hoffen lassen, daß sich das Dasein nicht ganz so trübsinnig abspielt, wie die Pessimisten argwöhnen. Denn für diese miesepetrigen Typen, die sich weder um die Nonchalance der Reichen noch um die Unbekümmertheit der Armen scheren, ist das moderne Leben ohnehin nur eine Gratwanderung zwischen künstlicher Intelligenz und natürlicher Ignoranz und der Mensch nichts anderes als eine von Genen und Trieben gelenkte und genarrte komplizierte Maschine, die eines Tages durch technische Errungenschaften vollständig ersetzt werden kann. Man braucht zwar derartig kühne Spekulationen und triste Perspektiven nicht unbedingt ernst zu nehmen. Als Warnung aber sind sie allemal wertvoll.

Das, was die Biologen mit ihren Mitteln bisher nicht entdecken konnten – oder noch nicht entdeckt haben - müssen wir einstweilen dem philosophischen Denken überlassen. Und so bleibt uns lediglich, uns mit der Einsicht zu begnügen, daß es nicht einfach ist, das Leben so leicht zu nehmen, wie es der Ernst des Lebens verlangt – ob man nun in einem Palast leben und schwelgen darf oder in der schäbigsten Hütte des kleinsten Dorfes im entlegensten Flecken der Erde hausen muß. Denn mit allem, was wir denken, fühlen und handeln, bereiten wir unsere Vergangenheit vor.

Das Leben» – offenbar hatte er sich entschlossen, seine Gedanken geradezu mit sinnlichem Behagen weiter zu spinnen – «ist ein nicht unwesentlicher Teil der menschlichen Existenz. Das Leben gleitet dahin, ohne daß man es gewahr wird. Mancher kennt es nur vom Hörensagen. Von anderen weiß man weder, wie sie lebten, noch woran sie gestorben sind. Viele haben sich für den Rest ihres Daseins in trostloser Öde abgefunden. Und mancher lebt nicht einmal ein Mal.»

Hauenstein betrachtet das Leben keineswegs als danteskes Drama, und es wäre sicher falsch, ihm allzu tiefgründige und schwerwiegende Gedanken darüber zu unterstellen. Er war vielmehr, fast selbstgenügsam, mit Eigensinn darauf bedacht, für sich und alle, denen er etwas zu sagen hatte, das stilvolle Leben zu erhalten,

das heute überall auszusterben droht. «Leben»,
sagte er einmal, «ist ein Zeitwort, das sich in
allen grammatischen Formen ausdrücken läßt.
Schwierigkeiten macht nur der Infinitiv.»
Und abschließend: «Das Leben geht vorbei.
Das Leben geht an uns vorbei. Wir gehen am
Leben vorbei. Warum haben wir's nur so eilig?»